KB096338

적막 소리

적막 소리

문인수 시집

창비

차 례

제1부

죽은 새를 들여다보다

이곳 패션센터 건물 앞, 붉은 대리석 조각 매끈한 상단에
이 무엇이,
웬 조그만 새 한 마리가, 입가가 노란 참새 새끼 한 마리
가 반듯하게 죽어 있다.

돌에 싹터 파닥거린 새의 날개가 허공에 눌려, 그리하여
끊임없이
돌에 스미는 중인지,
가슴의 보드라운 깃털 아래 늑골 여러 가닥이 희미하게
세세히 도드라지기 시작해,
현(絃)인가 싶다.

그 전후 사정이, 말라가는 새의 모양이

?

아무것도 풀 수 없는 무슨 열쇠 같은데, 아무튼 어찌
죽음의 자리는 그 어디든 몸 치수에 이리 꼭 맞는 건지.

아하, 작품의 부분인가 싶어 다시 가 들여다봤는데, 분명 새의 주검이다. 오히려

　한 점 생생한 의문이 커다란 돌덩이가 말하는 무거운 내용을 다 입은 채…… 새는 이윽고

　목관의 석물을 열고, 햇볕이며 구름이며 그 바람 다 열고

　저를 잊었다.

동행

1

그의 지친 모습은 처음 본다. 챙 아래 어두운 저
이마에서일까, 자꾸 배어나와 번지는 어떤 그늘이 젊은
이목구비와 체격까지 모두
소리없이 감싸고 있다. 얼굴에, 어깻죽지에 발린 그의 마
음인데, 그 표정이
지금은 잠시도 그를 떠나지 않을 것 같다.

빡빡한 일정 탓으로 그의 머리가 너무 무거운 것 같다. 그
는 무리해서 일부러 내게 들렀다.
배려에 대해 나는
코미디든 개그든 이 가을 채소처럼 한 광주리 너풀너풀
안겨주고 싶지만
시간이 이십여분밖에 없어
내 쪽에서 그만 어둑어둑 물들고 만다.

2

그는 막차로 떠났다. 밤 열시 사십분발,

버스에 오를 때 좌석에 앉을 때 내게 손 흔들어줄 때 그를 밀어주는, 내려놓는, 한번 웃는

미색 롱코트를 걸친 저 기미가 얼른얼른 그를 추스르는 것 본다.

버스가 출발하고…… 보이지 않는다. 육신도 정신도 아니고 이건 또 어디가 부실해지는 것인지

사람하고 헤어지는 일이 늙어갈수록 힘겨워진다. 자꾸, 못 헤어진다.

만금의 낭자한 발자국들

개펄을 걸어나오는 여자들의 동작이 몹시 지쳐 있다.
한 짐씩 조개를 캔 대신 아예 입을 모두 묻어버린 것일까,
말이 없다. 소형 트럭 두 대가 여자들과 여자들의 등짐을,
개펄의 가장 무거운 부위를 싣고 사라졌다.

트럭 두 대가 꽉꽉 채워 싣고 갔지만 뻘에 바닥을 삐댄
발자국들,
그 穴들 그대로 남아
낭자하다. 생활에 대해 앞앞이 키조개처럼 달라붙은 험구,
함구다. 깜깜하게 오므린 저 여자들의 깊은 하복부다.

뒷짐

국도에서 바닷가를 향해 갈라지는 길

입구에, 한 노인이 힘겹게 발걸음을 떼고 있다.

잔뜩 꼬부라진 허리 때문에 길이 오히려

노인의 배꼽 쪽으로, 가랑이 사이로 파고드느라 여러 굽

이 시꺼멓게 꿈틀대며 애를 먹는다.

우리는 휑하니 차를 몰아 포구를 돌아보고

올망졸망한 섬 풍경 앞에 내려 히히거리다 다시

국도 쪽으로 돌아나왔다. 그 갈림길 입구, 거기서 이제

겨우

삼백여 미터 앞에서 또

한참 전에 지나친 노인을 만났다. 지팡이도 없는 더딘 발

걸음의 저 오랜 말씀,

ㄱ자의 짐은 ㄱ자다.

흐린 시선으로 짚어낸 길바닥엔 시시각각 채 썬 중심이

촘촘하겠다.

그 등허리에 실려 낱낱이 외로운 열 손가락,

두 손끼리 가끔 매만지며 느리게 간다.

조묵단전

베틀가

베틀에 달린 저 긴 더듬이며 뒷다리를 짚으며

민속품 전문가의 설명이 이어진다. KBS TV「진품명품」
시간,

우리 어머니도 십수년 전, 이 방송국의 최장수 프로그램
인 저「전국노래자랑」성주군 편 때 나온 적 있다고 불쑥,

말하고 싶어진다.

선다리, 누운다리, 눈썹대, 잉앗대, 바디, 북, 부티, 비경
이, 도투마리, 뱁댕이, 용두머리, 말코, 끌신…… 받아적어
놓고 보니 막상

뭐가 뭔지 도무지 조립이 안된다. 그 숱한

근심걱정과 조바심, 긴 한숨은 도대체 '어디에' 맞춰 넣
을까. '무엇을' 부여잡고 마냥 기다리나, 입 다무나, 참고 또
참나. '어떻게' 밀고 당겨 바지런대나, 울지 않나, 지고도 지
지 않나.

사람의 영역, 자식이란 절대로

당신 한 채를 온전히 짓지 못하겠다. 다만, 기억하노니

여치 뛰어오르는 여름 들녘 땡볕을,

귀뚜라미 우는 가을 뒤꼍 달빛을,

한 올— 한 올— 철커덕, 철커덕, 하염없이 걷고 걸어 남
김없이 짜넣는 일.

그리 재 넘고 재 넘어 사라지는 길이어야 피륙인가보다.
향년 99세. 그러나 그 무엇, 어디에서 어디까지인지 생몰연
대를 표시하지 않은 환한 북망.

삼우날엔 그렇듯

먼 데까지 눈 내려 덮였다. 생전엔 단 한번도 소리내어 불
러보지 못한 당신, 영감! 아버지 곁에 마침내

고치 튼 봉분. 어머니는 베짱이…… 베짱이는 베틀……

마른 베틀 한 마리가 TV 화면에 엉거주춤, 부스럭거린다.

하관

이제, 다시는 그 무엇으로도 피어나지 마세요. 지금, 어머
니를 심는 중……

버들피리

담쟁이넝쿨은 집을 에워싸고
온통 시퍼렇게 벽에 번지네. 저 주름투성이 늙은 사내,
피리 부는 자세로
역에 기대앉아 쉬네.
여차저차 꼬불꼬불한 길,
그 숱한 곡조로 만면을 덮네.

닻

아버지는 늙어 그땐 이미 어부가 아니었다. 고기잡이 대신 고향집 뒤꼍에 밀감나무 한 그루를 가꿨다. 주렁주렁 달린 밀감 가을에도 따지 않고 아버지, 나무째 거적을 둘러두루 감싸두었다. 남쪽 바닷가, 겨울이면 나는 또 차를 돌려친정엘 갔다. 아버지, 여기저기 거적을 들춰, 그 품 뒤적거려 골라 딴 싱싱한 밀감 한 자루씩 끙, 실어주곤 했다.

원항에서 돌아온 아버지는 등대 꼭대기까지 날 번쩍 안아올리곤 했다. 뭐라! 뭐라! 거친 수염을 내 이마에, 양볼에 마구 문질렀다. 비리고 짠 해초 냄새가 내 작은 몸에 물씬 차올라, 나는 참 얼마나 멀리 반짝였는지…… 나는 그 먼바다의 털, 만파도 무성한 파도소리에 흠뻑 파묻히며 문득문득 자랐다. 나는 여섯살, 일곱살, 여덟살……, 열아홉살이 되었고, 연애 끝에 스물두살에 시집갔다.

원항에서 돌아온 아버지는 꼭 당신의 발목, 그 뭉툭한 발을 내밀어 내게 천천히 내려놓곤 했다. 만파도, 무성한 파도소리를 밟고 온 고단한 말단. 더덕더덕 따개비 붙은 발, 녹슨 발, 부르튼 발, 티눈 박인 발, 내가 자세히 풀어주었다. 내

항의 밤은 이윽고 코를 골았다. 나는 그렇게, 세숫대야 따끈한 물에 아버지를 받아, 바다 바닥에 심곤 했다. 아버지 죽고,

덜컥! 내게 사무친 아버지. 나는 지금도 비옥한 슬픔이다. 젖은 날짜, 그 흙에 든 아버지. 울퉁불퉁 잘 자란 발, 아버지는 어느덧 뿌리 굵은 나무가 되었다. 바람 타는 무성한 밀감나무, 또 복받치게 뻐근하게 날 물고 있다.

누

대평원을 다 가로지르기까지 얼마나 걸리나.

사자나 악어 아가리를 멀리 따돌리기까지, 혹은 덥석 물리기까지 얼마나 걸리나.

그러니까, 자욱한 먼지 누 떼 속에 누가 묻혀 살기까지, 묻혀 죽기까지

얼마나 걸리나. 누가 홀연히 사라졌는지,

사라진 발굽소리를 또 누가 냉큼 받아 다는지, 누가 모르고,

모르고 내처 달리기까지, 저 푸른 초원까지 얼마나 걸리나.

누가 잡히는 바람에, 무리의 바람은 더욱 거세게 번지는 것.

누가 누를, 저 움트는 운명을, 신판 쎄렝게티를 깨끗이 핥아주고 있다.

어미의 부은 엉덩이에서 털썩 떨어져나온 핏덩이, 누 새끼가 연신 꼬꾸라지다 다시 껑충대다 마침내 땅내 맡은,

그 땅심으로 거듭 태어나는 순간, 힘세다. 불쑥, 뛴다. 이

제 어엿한 익명! 냅다

속력을 붙이기까지 대략 십오분이 걸렸다.

내리막의 힘

고물 프라이드, 달리던 차 엔진이 끝내 천천히 꺼져버
린다.
다행히 아주 미미하게 경사가 져 있는 데여서
고가도로 그늘 아래 널찍한 공간으로 차를 몰아넣을 수
있었다.
핸드브레이크를 당겨 차를 세웠다.
네 바퀴가 길바닥을 꽉 잡고 버틴다. 시꺼먼 아스팔트가
그녀에겐 지금
단단한 늪이다. 퍼져 난감한 프라이드 옆을,
프라이드를 뒤덮은 고가도로 위를
마음껏 달리는 차들의 진동 때문에
그녀의 프라이드는, 끊임없는 파문에 떠밀리는 마른 연
잎 같다. 이 연애의 끝자리,
그녀가 안전벨트를 맨 채 울먹거릴 때
어여쁜 귀고리가 달랑대며 한사코 그녀를 지킨다. 하지만
구겨진 프라이드는 이제 폐차될 것 같다. 견인차가 도착
하고
핸드브레이크를 풀자 움찔, 저를 푸는

이 프라이드는 또 무엇인가.

내리막엔 다시 한번 박차를 가하고 싶은 힘이 있다.

부둣가 낡은 횟집은 짜다

울산 방어진 부둣가 언덕 위엔 낡을 대로 낡아 허물어져 가는 집, '삼천포 횟집'이 있다. 어떤 경보가 저길 들이받는지, 횟집의 전모를 지탱하는 옹벽엔 거뭇거뭇한 함몰이 여러 군데다. 그런 상처를 거느린 폐타이어 몇개가 들쭉날쭉한 간격으로 동그랗게, 동그랗게 붙어 있다. 옹벽 앞이 곧장 주차장이고, 주차장 앞이 바로 포구이고, 포구의 작은 고깃배들 너머로는 물론, 일약 무진장한 바다다.

먼 항해 끝에 이제 태풍이 내어준 터. 이 횟집은 그 후 오랜 세월 바닷물 파편에 절고 절어 양철지붕도 문짝도 검버섯투성이, 여기저기 삭아 만신창이 검붉다. 단벌 남루가 그래도 몸엔 편한 것. 오늘도 바퀴를 단 횟집, 항진하는 폐선의 거친 주름살이 깊다.

녹슨 원로의 숱한 풍파를 카메라에 담는다.

조업중. 바다를 맞대 들여다보는지…… 동그랗게, 동그랗게 돋보기로 낀 완충,

늙은 어부의 인상은 백 프로 염분이다. 만파도가 장엄한,

비린 절경이다.

방어진의 곰 솔

이 부둣가엔 천년 묵은 곰, 곰솔 한 그루가 그 멀고 험한 길을 전부 둘둘 말아 굵은 똬릴 틀고 앉아 있다. 한 늙은 무당이 이 나무 얽힌 틈바구니에 당집을 박아 깃들어 있다. 깃들어 곰, 솔에게 묻고 또 묻고 산다. 작은 횟집들이, 건어물 노점상들이 파리를 날리고 있다. 낡은 배들이 덜거덕거리며 곰, 솔의 시퍼런 날개 아래 녹슬어가고 있다. 이 모든, 백년 안쪽에서 나도 물어보았다. 곰, 솔에게 물어보았다. 당신은 혹 운동부족 아니시냐고, 아니! 근데 도대체 이 웬 근육이시냐고, 지금 점심때가 지났는데 배고프지는 않으시냐고, 그렇다면 어찌 그리 아직도 시퍼렇게 머리가 좋으시냐고, 무엇보다 어찌 그리

어찌 그리, 오래오래 묵어가시도록 '진화'하셨느냐고……

아름드리 곰, 솔은 물론 대답이 없으시다.

가방

빈집 바람벽에 빈
가방 하나 시꺼멓게 걸렸다.
한쪽 손잡이 끈만 저물녘
대못질의 벼랑 끝에 매달렸다. 잔뜩 벌어진 지퍼,
고성방가다. 바닥난 거다. 이
환장,
말도 못하게 무거운 거다. 깜깜한 앞날, 절망은 걸핏하면
만만한 게 절망이다. 그 입,
다물라, 다물라. 또 한바탕
윽박질러놓고 떠났다.

가야 오는 봄!

산중 곰팡내를 핥아내는 혀,
진달래 능선 길다.

개펄

일몰 보러 갔다. 갯가에 붙여 지은 이 횟집엔 서쪽을 잘
바라볼 수 있는 위치에 여러 칸 일렬 쪽방을 길게 달아놓았
다. 오후 네시, 한 여자가 일찌감치 방 하나를 차지하고 있
다. 상머리엔 벌써 소주 네 병, 잔뜩 취해 훌쩍거리고 있다.
바람맞은 걸까, 누군가 박차고 나가버린 걸까. 문 활짝 열어
놓은 채 허우적허우적, 하염없는 넋두리에 빠져 있다. 휴대
폰을 부여잡고…… 사연인즉 죽은 남자를 부여잡고 당신,
나한테 이럴 수 있어? 이럴 수 있어? 이럴 수 있어? 얄팍한
합판 벽, 우리는 여자의 바로 옆방으로 들어갔다. 창밖, 널
리 번진 뻘밭을 마구 뒹굴고 싶었다. 여자는 자꾸 숨가쁘게
죽은 남자를 부르고, 아, 그 허공의 응답, 그 참을 수 없는
흥분으로 우리는 지척 간의 질퍽거리는 비련을 온몸으로
짓뭉개며, 힘껏 숨죽이며 사랑을 하고, 창밖, 해 저무는 것
보았다. 저물어, 검게 물렁거리는 바닥으로 한사코 무르녹
아드는 모습, 뒷모습…… 무르녹아 붉게 복받치는 저녁노
을을 보았다. 울음이 울음을 거뭇거뭇 삭이고, 어둠이 어둠
을 그렇게 잠재우는 것 보았다. 으스러지게 껴안아들인 것
은 결국 너라는 둥! 1막의 독무대 곁, 전망 좋은 방에서 그

일몰, 다 엿들었다.

우르르 몰려나가는 무덤들

저, 고인을 보내는 첫 동작이다.

한 무리의 문상객들이 이제 일어서는 것이다.
여럿이, 둥글게 몸 구부리며 빈소를 나가는 것이다. 어디쯤 가서 그 짐 부리며 잊기 시작할 것인지, 불룩한 등짝마다 우선
망자가 묻힌 게 분명한 것이다.

한 죽음의 참 여러 뒷모습이다.[*]

* 고은 시의 일절, "한 죽음이 여러 죽음을 불러들인다"에서 빌림.

해녀

아흔 고개 바라보는 저 할머니
오늘도 물질 들어가신다. 좀더 걸어들어가지 않고
무릎께가 물결에 건들리자 그 자리에서 철벅,
엎드려버리신다. 물밑 미끄러운 너덜을 딛자니 자꾸
관절이 시큰거려
얼른 안겨
편하게 헤엄쳐 가시는 것이겠다.

만만한 바다, 휘파람 때마다 길게 생기는 것이 바로 저 생
생한 수평선이다. 넘어, 넘어가야 하리,

저 너머가 어디냐.

말라붙은 가슴이 다시 커다랗게 부푼 걸까, 부레여.
할머니, 일평생 진화를 거듭하셨다.

고래의 저녁

저 작은 마을도 곧 수몰된다고 한다.

물이 물을 덮으며, 이 저수지도 물론 사라질 것이다.

그 깊은 시름이 내뿜는 한숨일까, 물 아래

미루나무 긴 그림자가 검게 미끄럽게 뒤척이는 중이다.

그렇게 우듬지 꼭대기 너머로 또 한바탕,

바람 몰려 빠져나가는 소리가 한참 걸린다. 누대,

'청천하늘의 잔별'들 다 들이마시며 여기 일렁일렁 순한

고래가 사는데

작살 맞은 거다!

저 장미 분수, 저녁노을 환장 피는 것이다.

제2부

달의 맨발

달이 한참 뭉그적거리다가 저도 한강,
철교를 따라 어설프게 건너본다.

어, 여기 웬 운동화?

구름을 신고 잠깐 어두웠던 달, 다시 맨발이다.
어떤 여자의 발 고린내가 차다.

오아시스*

나는 지금 싱글벙글거려요. 휘파람 불며 불며 신나게 휠
체어를 굴리는데,

뭐라고요?

⋯⋯아니지요, 그것은 그러나 당신의 눈이 하는 말. 그 마
음이 뒤죽박죽 비틀어대는 주물럭, 얼굴 반죽인 것.

글쎄요, 나는 여태 내 기쁨까지 슬퍼한 적 없네요.

*이창동의 영화.

햇잎

나물 캐러 간다고? 그 말엔 반짝, 햇살 있다.

아찔한 풋내가 있다. 풋내 나는 첫 입술,

그리고 한참 이마를 짚던 어지럼증, 나물 캐러 가는 데 따라간 적 있다.

두 살 위 열여섯, 얼굴 핼쑥한 뒷집 누나가 있었다. 이거 쑤어먹으면 참 맛있다, 했으나 쓴,

비린 가난이었다. 수년 후 독일로 간 간호부……

아예 돌아오지 않았으나 그 햇잎의 혀,

달착지근, 말랑말랑한 나물죽 냄새가 있다.

귀성길

앞차에 헌 자전거가 한 대 실려간다.

끈을 문 트렁크 뚜껑이 질겅질겅,

자전거를 씹는 형국이다. 불가사리다. 자전거에 감긴 길,
길이 길 잡아먹는 것 본다. 경부고속도로,

나는 조수석에 기대앉아 지그시,

되새김질에 빠진 하마다. 청춘…… 제맛대로 소화하지
못했다. 아,

잘 씹지도 않고 삼킨 길이 지금,

막힌 길이 저 아가리에 깜깜 오래 질기다.

르네쌍스

　동구시장 입구 삼거리 코너 건물, 이 연립상가 이층에 내 단골 다방이 있다. 어느 기숙사 구내식당용으로나 쓰던 건지, 헌 호마이카 식탁 여섯 개가 일고여덟 평 공간을 엉성하게 메우고 있다. 식탁마다 비닐 커버를 씌운 철제 의자가 어수선하게 딸려 있고, 시퍼런 활엽 화분 몇개가 여기저기 마지못해 놓여 있다. 사십대 중반? 갈 때마다 주인여자 혼자다. 혼자 책 읽다가, 먼 데서 떠오르는 듯 천천히 일어선다. 일어서는 바람에 떨군 마른 티슈 낱장처럼 희끗, 웃는다. 웃을 뿐, 도대체 뭔 말이 없다. 소리가 없는 여자는 그렇게, 어쩌다 간혹 들어서는 손님을 썩 반기지도, 그야 물론 박대하지도 않는다. 손님이 나갈 때도 여자는 여전히 진공 상태 같다. 여자한텐 아마도 작은 뱃전에 매단 폐타이어 같은 완충이 항상 붙어 있는 게 틀림없다. 화장기 없는 답답한 얼굴, 여자는 늘 흰 블라우스에 검정 주름치마다.
　나도 늘 같은 자리에만 앉는다. 찻길, 그리고 시장 쪽 창가다. 창밖 채소·과일 노점들, 노점 할머니며 장 보러 나온 주부들, 집에 가는 학생들, 저기 신호등이며 얼룩덜룩한 횡단보도며 차량들, 복잡하게 엇갈리는 사람들, 옥신각

신하는 볼일들이 데면데면 다 내려다보이는 포인트다. 그러나 바깥은 참 오랫동안 변화라고는 모르고, 축제도 모르고…… 여자와 나는 또한 몇해째 서로 성씨도 모른다는 것 아니냐. 아무것도 궁금하지 않은, 아무것도 모르는 세월이다. 썩지 않는 평화야 없겠지만, 이 다방 안에서는 어쨌든 다시는 그 누구도 망할 일 없을 것이다. 그 어떤 '부흥'도 들이닥칠 리 없는 이 편한 자리, 나는 걸핏하면 '르네쌍스'의 관람석에 갇힌다.

성주참외를 봤다

변산반도 위도 선착장 배에서 내리다가 봤다. 한 사내가 든 짐이 유독 눈길을 끌었다. 피피끈으로 묶은 마분지 박스에 커다랗게 찍힌 '성주참외'란 글자 도안이 그랬다. 가득 담긴 참외가 투시돼 당장 옹기종기 떠올랐다. 생산지 표시가 또 '초전면'으로 돼 있는 게 아닌가, 더욱 반가웠다. 경상북도 성주군 초전면이 여기서 어디냐. 전라도, 서해 멀리 흘러들어와 내 고향땅에서 난 참외를 보다니. 좀전의 저 뭍, 격포항에서 나랑 한 배를 탔던 거다. 단박, 이 섬하고 뭔 한 촌수 생긴 것 같았다. 나는 금세 금쪽같은 애착이 갔다. 누구네 농사일까, 혹시 동장 형님? 배다리들 용수 형님? 친구 전병규? 문상곤씨? 미처 생산자 이름은 못 봤다. 사내는 어느새 포구 마을 골목길로 뒤뚱뒤뚱 접어들고 있었다. 나는 문득 속으로 "잘 살아라" 뜬금없이 뇌까리고, 혼자 씨익 웃었다. 이 어인 의인(擬人)? 섬을 뜰 때 배 뜰 때 노오란, 향기 달콤한, 엉덩이가 어여쁜 그런 석별도 있었다.

노루귀

내 휴대폰을 열면 야생화,
노루귀 한 송이가 새파랗게 나타난다.
오리목 낙엽을 헤치고 생생하게
웃고 있다.
몇해 전, 김천 직지사 뒷산
숲속에서 내가 직접 찍은 거다. 친구와 함께 갔었는데,
그때
꽃 이름을 가르쳐준 그는 병이 깊어 그만, 끝내 가고 없다.
주검은 흙에 묻고
죽음은 가슴에 심었나니.
휴대폰을 열 때마다 돌아와 쫑긋,
피어나는 노루귀!
친구여,
너는 참 이제 다 나았다.

바퀴

말복날 수륜리(水輪里) 유원지엘 갔다.

우리는 계곡물 콸콸거리는 어느 식당

숲 그늘에 자릴 잡았다. 물가 여기저기 네모난 살평상을

박아놓고, 그러니까

급류의 속도를 최대한 붙잡아놓은 집이다. 하지만 유수

같은 세월,

희끗희끗 달아나는 물살이다. 옆자리

살평상엔 중늙은이 아주머니 넷이 먼저 와 앉아 있다.

닭백숙에 소주도 두어 병 곁들여 조용히

복달임하는 중. 사람이 아니면 도대체 무엇으로 세월이

라는 것이 흐를까, 계곡물 소리는

막힐수록 요란하다. 계곡물 소리는 여기저기

커다랗게 엎딘 바위들도 연속, 험하게 잡아채 제 속도에

매단다. 그래도

그 소리 듣지 않으면 가지 않을 세월,

아주머니들은 음식상을 치우게 하고 각기

웅크리고 눕는다. 머리꼭대기에 발바닥,

머리꼭대기에 발바닥…… 친한 사이끼리 일생일대를 잇

대며, 그러나 모르고 잠시

함께 굴러가는 것이다. 무엇이 물의 바퀴를 면할까, 몸 맡겨버린

이 편한 세월. 한 사람씩

살평상 각 면을 둥글게 구부려 누웠다.

공원의 벤치

주로 삼사십대 젊은 주부들이 아침부터 동네 화랑공원을
돈다.

하나같이 날씬하고 날렵하다. 풍을 맞아 보행이 불편한
중년의 남자들이, 더러는 허리 휜 할배들이 주춤주춤

저 복면의 여자들 속에 섞이며, 노구를 섞어 넣으며 힘껏,
소신껏 걷고 있다.

미용과 건강 회복, 이 동네 공원은 크게 두 가지 목적의
'체육'으로 나뉘는 듯해——

다들 여념없이 돌고 돈다.

건장하게 생긴 청년이 혼자 저쪽 외진 벤치에 앉아 있다.
일어섰다 누웠다 일어나 앉았다 한다. 나도 이쪽 벤치에 앉
아 배기는,

지금이 월요일 오전 아홉시다.

지금은 월요일 오후 네시다.

지팡이

노인은 다만 골똘히 걷는 중이다.

도심 인파 속을 홀로
온몸을 구부려 매진하는 저 모습은 이제 오롯이
당신만을 위해 기울이는 주전자 같다.

논맬 때처럼 가끔씩 허리를 펴는데, 저렇게
새참 막걸리를 마신 뒤엔
눈앞의 질펀한 농사가 참 흐뭇했겠다. 지금은 아무도 넘
보지 않는 저 세계가 물경,
백 마지기도 넘겠다.

걸음, 걸음,

인생 전편에 걸쳐 콕, 콕, 콕, 콕, 짚이는 엄연한 중심! 중
심은 중심에서 단 한번도
비킨 적 없나니. 지팡이 끝이 또한
새하얀 알루미늄 덮개여서 잘 닳지 않겠다.

관광

경상남도 함양군 서상면 금당리, 올해도
처가 곳에
처가 종반 간 동서들 내외와 처남들 내외가 전국에서 다
모였다. 이튿날 아침, 현지에 사는 처장조카 내외까지
모두 전세버스에 올랐다.

남해 금산 보리암을 보기 위해 매표소 앞에 줄을 서는데,
우리 일행 대다수는 만 65세 이상이어서 통과, 통과, 무료입
장이다.
"이런, 이젠 신분증 보잔 소리도 안하네."
"당연하지. 얼굴이 신분증인 거라."

'파도소리 횟집'에서 점심을 먹고 통영 일대를 돌아 귀로
에 올랐다.
좌석마다 몇순배 소주잔이 돌자, 운전기사가 알아서 신
나는 뽕짝을 틀었다. 처음부터 왕창,
볼륨을 높였다. 버스 통로는 일거에 막춤으로 꽉 차 매우
활기차다. 그런데 뭔 일?

얼마나 시간이 흘렀을까. 한 사람씩 주춤주춤, 제자리에 주저앉는다.

다들 물거품처럼 주저앉고, 그렇게 뽕짝도 꺼지고.

석달 전 느닷없이 큰집 막내처형이 죽었다. 인간사, 어딜 가나

누구보다 슬픈 이가 왕이다.

슬픔에게 자리를, 버스를 통째로 내어주며 다들 주저, 주저앉는 것이다. 상처를 한 전직 전화국 동서가 양볼에

긴 눈물을 드리운 채 혼자 깊은 불통(不通)을 안고

차창 밖을 하염없이 관광하고 있었다.

파군재의 왼손

대구 팔공산 입구 밋밋한 고갯길 파군재 삼거리에,
파계사 방면으로 동화사 방면으로 갈라지는 지점
한복판에, 먼 옛날 고려 적
신숭겸 장군 동상이 장대하게 버티고
서 있다. 왼손으로 장검을 짚고
오른손으로 허리를 짚은 채
시내에서 올라오는 6차선 도로를,
도로를 메운 차들을 내려다보고 있다. 장군은
또, 신호를 바꿔 좌회전을 막는다. 막아, 차들이 늘어서고
박무돌씨는 바쁘다. 잘려나간 한 손, 저 까마귀 한 마리
방금도 천년 전에, 멀리 날아갔다. 박무돌씨는 그 뭉툭한
왼팔에 바구니를 걸고
성한 오른손으로 뻥튀기를 판다. 길게
줄지어 선 차마다 기웃거리며 오르내리는
박무돌씨의 길을,
전직 프레스공의 남루한 행상을 굽어보는 장군!
장군의 멀쩡한 왼손이
어느날의 전장에서 아, 천년 후쯤 많이 아팠다.

구제역의 소

백만 마리의 소가 묻혔다.
백만 마리 소의 커다란 눈들이
한 구덩이에 묻혔다.

살처분되는 4대강이 우―우―우― 한꺼번에 몰리는
지하,
구제역, 그 역엔
깊고 푸른 소가 고였겠다.

제3부

산 증거

왜, 갑자기 쓰러져, 그로부터 지금까지 뇌사상태에 빠진
스물두살 처녀 환자가 어느날 왈칵 쏟아낸 생리혈을 목도
하고 그 어미가 기뻐 힘껏, 일생 최고조로 붉게 복받치다.
그러나 아,

식물이 밀어올린 이 비린 꽃……

산 증거, 혼잣말

야, 딸아야, 일어나!

그 엄마는 오늘 아침에 또
스물두살 '아이'의 방을 바라 큰 소리를 질렀다.

……

풀썩, 그 엄마의 무릎을 꺾는
저, 허공의 팔힘.

참, 너, 죽었지……

산 증거, 먼 귀

　허공은 참 얼마나 수많은 귀, 그 먼 귀 다 잡아먹고 저리 큰 걸까. 너의 죽음이야말로 계속 가장 생생하게 너를 증거해댄다. 되뇌어 널 부르면 부를 때마다 너는 또 매번 죽고, 천번 만번도 죽고, 죽어 자꾸 나타나 귀먹는……

탁본, 아프리카

 '수단의 슈바이처'라 불린 의사 출신, 고(故) 이태석 요한
신부의 삶을 다룬 장편 다큐멘터리를 보았다.
 아프리카 수단의 작은 도시, 톤즈에서 가난한 주민들을
위해 동분서주 온갖 봉사활동을 하고
 아이들을 불러모아 브라스밴드를 만들고, 학교를 짓고,
 한센인 집단촌에 들어가 환자들을 돌보다가 마흔여덟 나
이로 참
 즐거운 일생을 마쳤다. 휴가차 귀국했다가 대장암 진단
을 받고……
 그는 다만 아프리카를 앓다가 갔다. 사랑이란 그것이 사
랑인 줄도 모르고 사랑하고 사랑한 일.
 할 일이 엄청 많이도 남아 있었던 이, 그를 데려간 하느님
의 뜻이 나로선 도무지 이해할 수 없었지만 화면 속
 벽안의 어느 노신부는
 그것이 바로 하늘의 신비라고 말했다.

 아이들의 연주가 그를 전송할 때
 뭉개진 발가락, 뭉툭한 사제의 검은 족문이 절며 절며 걸

어들어가는 아프리카의 밤하늘을 보았다. 설마 공연히 가는 것이겠냐 싶어

내 마음 또한 그의 뒷모습에다 대고 트럼펫을 불다가 큰북을 치다가 하는데

깜깜한 극장 여기저기서 훌쩍거리는 소리가 들렸다. 나도 때마침

눈꼬리를 찍어내고 싶었다. 어,

손수건이 없었다. 낌새를 알아챈 네가,

너의 손길이 어둠속을 더듬어 내게 번진 물기를 꼭, 꼭, 눌러 닦아주었다.

"울지 마, 톤즈"* 날 달래주었지만, 아프리카는 여전히 배가 고팠다.

배가 고팠다. 나는,

칠성시장 어느 돼지국밥집에서 소주를 곁들여 늦은 저녁밥 사먹고, 널 바래다주었다. 혹시나 싶어

낮에, 널 기다리며 눌러앉아 있었던 아파트 화단 앞 돌확

위를 보았다. 가로등 불빛 아래, 용케도 거기, 잃어버린 줄만 알았던 손수건이 잘 깔려 있었다.

아프리카, 아프리카…… 아프리카의 죄 없이 곤란한 인상. 그

복잡한 돌의 표면을 그대로 문 채, 이 한 장의 자리가 날태우고 거기까지 날아간 것이었다.

*이 다큐멘터리의 제목.

정치

그는 대통령을 지냈다.
고향마을로 돌아와
다섯살 손녀딸아이와 자전거를 타고 논다.
구멍가게에 들러 얼음과자를 사고
아이가 손 시릴까봐
두루마리 휴지를 풀어 비닐팩을 감싸준다.
"할아버지 따라오너라" 다시
자전거를 타고 천천히
집으로 돌아갈 때,
아이는 힘껏 제 페달을 밟아
할아버지를 앞지른다.
뭔 말, 그는 함빡 웃으며 짐짓 뒤로 처진다.
비로소 한입,
행복을 맛본 정치다.

장미란

장미란 뭉툭한 찰나다.

다시는 불러모을 수 없는 힘, 이마가 부었다.

하늘은 이때 징이다. 이 파장을 나는 향기라 부른다. 장미란,

가장 깊은 땅심을 악물고,

악물고 빨아들인 질긴, 긴 소리다. 소리의 꼭대기에다 울컥, 토한

한 뭉텅이 겹겹 파안이다. 그

목구멍 넘어가는 궁륭,

궁륭 아래 깜깜한 바닥이다.

장미란!

어마어마하게 웅크린 아름다운 뿌리가,

움트는 몸이 만발,

밀어올린 직후가 붉다.

새들의 흰 이면지에 쓰다
시인 이원규의 집, '물마루'

  그 사내는 이미 새의 종족, 지리산 아래 섬진강 가
여기저기 세 들어 산 지 오래되었다.
지금은 경상남도 하동땅 덕은리 언덕,
맹지(盲地) 위 옛 폐가에 산다.
  일부러 저 먼 강 건너편에서 이쪽을 건너다보고 점찍었
다는 언덕마루,
이 눈먼 땅에다 저의 눈을 두기로 한 것.
  새가 둥지 틀 데를 고를 때 흔히 하는 객관식이다. 역시
섬진강의 필법이 잘 내려다보이는 물마루,
시퍼런 물굽이와 새하얀 모래톱이 서로 부드럽게 껴안아
태극문양을 이루는데, 저기 새들이 자주 논다.
  놀거나 말거나 이 마루에선
자잘한 새 발자국들 전혀 보이지 않아
백사장은 늘 깨끗하고 물은 계속 새것이다.
  그는 강물을 찍어 백사장에다 쓴다.
무리를 버린 새, 무리의 울음을 좇아
오토바이를 타고 날아가는 춘철의 사내가 있다.

선운사 동백

너하고 나하고 그해 늦봄 저물녘에 선운사엘 왔었네.

나는 혼자 또 이 가을에 선운사엘 왔네.

동백 없어도 동백에 끌렸겠지,
피거나 지거나 목청 붉은 비린내여.

필 때 화들짝 뛰어오른 꽃, 질 때 거침없이 뛰어내린 꽃,
그 반동에 놀랐네. 친구여,

너는 죽어

나는 살아

하늘에, 따에 찧은 엉덩방아를 기억하네, 돌아보네.

장엄송

　세 사내는 친하다. 작당이 아니라, 타국에서 만난 모국어처럼

　어떤 질곡을 빠져나온 합수처럼 친하다. 1955년생,

　동갑내기에 똑같이 삼형제 중 장남이다. 세 사내는

　'오늘의 시' 동인이다. 어두운 표정이 똑같다.

　나고 자란 이야기가 애솔 같아서 과(科), 목(目)이 같은 침엽의 그늘이 전신에 예민한 것 같다. 나는

　세 사내의 성을 따 '장엄송'이라 부른다. 셋 다,

　아버지를 일찍 여의었다. 아버지를 꼭 빼닮았단 소릴 들으며 자라서일까, 예감처럼 전이처럼 그리움처럼

　아버지를 앗아간 병마가 수도 없이 마음속 문맥을 다녀갔다. 오래전

　아버지 나이를 간신히 넘겼다. 사실, 넘기지 못했다. 수시로, 거울 앞에 선 듯 왈칵

　받아 입었다, 벗었다 한 아버지…… 세 사내는 일견 힘껏, 번듯하게

　잘 산다. 아이들을 낳아 행복하게 안아올리곤 하였지만

　그럴 때마다 또 한 새끼 덥석 안겨들던

64

제 어린시절이 남몰래, 가족들도 몰래 따로 딸린 애물단지 같았다. 인생은 과연 단벌일까,

세 사내는 헛!

죽음에 대해 평소 구면인 듯한 말투다. 전력처럼, 혹은 마중이라도 나갈 것처럼 죽음을 말하곤 한다. 공것인 양, 덤이라도 얻은 양 서둘러 노년을 시작하려는 눈치다. 세 사내는 자주,

근처 금호강 본다. 여기까지, 제 삶의 여러 굽이를

자필로 적어 내려가다보면, 어머니! 세 사내의 목 깊은 소리, 저

묵음의 저녁노을을 나는 '장엄송'이라 부른다.

퀵서비스 사내

지금은 유월, W시엘 왔다. 어느 외곽길, 그는 고물 스쿠터를 몰아 우리가 탄 차를 선도한다. 구불구불, 바람을 가르며 잘도 달린다. 검정색 방한복 윗도리가 한껏 부풀어 그의 뒤통수를 쥐락펴락한다. 쥐락펴락, 녹음이 매만지는 저 부표! 하얀 헬멧이 나비 같다.

교외 취락지역, 그와 그의 가족이 세 든 집까지 왔다. 2011년, 아직도 폐목을 때는 아궁이며 흙벽이 온통 시꺼멓게 그을렸다. 그 험한 구레나룻이, 거웃이, 혹한을 견딘 인상이다. "이 집 식구들, 도대체 어디서 어떻게 씻지?" 집을 둘러보던 일행 중 누가 걱정한다. 그러나 그가 얼른 부려놓은 뜰엔 여러 호명 아래 어여쁜 풀꽃들이 참 생생하고 깨끗하다. 가난도 순진하게 가꿔 달콤한가. 뻐꾹뻐꾹, 겨울 복장으로부터 온 그가 또 깜깜하게 담근 포도주를 내온다.

펄럭이는 사내

저 사내, 이태 전 아내와 사별하고…… 그러나 여전히
누구보다 바쁘게 일한다. 씩씩하게 다가와 반갑게 악수
하고……
그러지요, 그렇다면
글 모르는 여자나 소개해달라고, 지인들의 위로를 우스
개로 받아넘길 때
각중에* 환갑을 바라보는
사내의 눈빛이 헐렁하다. 그렇지 않겠는가. 헐렁한 집 헐
렁한 밥 헐렁한 옷이 흔드는
사내의 뒷모습이 아무래도 좀 펄럭인다.

"답답아! 답답아!" 세상물정 아무것도 몰랐던
그런 아내가 또 문득, 사방 대답이 없다. 공연한, 저 공공
연한 빈자리는 오직
그 문맹의 곁이 읽어 개킬 수 있는 깃발 같은 것이어서
사내의 뒤가 지금 전폭 그립다는 말이어서 펄럭인다.

* '느닷없이, 갑자기'라는 뜻의 경상도 사투리.

적막 소리

적막도 산천에 들어 있어 소리를 내는 것이겠다.

적막도 복받치는 것 넘치느라 소리를 내는 것이겠다.

새소리 매미소리 하염없는 물소리, 무슨 날도 아닌데 산소엘 와서

저 소리들 시끄럽다, 거역하지 않는 것은

내가 본래 적막이었고 지금 다시

적막 속으로 계속 들어가는 중이어서 그런가,

그런가보다. 여기 적막한 어머니 아버지 무덤가에 홀로 앉아

도 터지는 생각이나 하고 있으니, 소주 몇잔 걸치니, 코끝이 시큰거려 냅다 코 풀고 나니,

배롱나무꽃 붉게 흐드러져 왈칵!

적막하다. 내 마음이 또 그걸 받아 그득하고 불콰하여 길게 젖어 풀리는

저 소리들, 적막이 소리를 더 많이 낸다.

또 그 소리에 그 소리인 부모님 말씀,

새소리 매미소리 하염없는 물소리······

적막도 산천에 들어 있어 소리를 내는 것이겠다.

제4부

모량역

모량역은 종일 네모반듯하다.
면 소재지 변두리 들녘 낯선 풍경을
가을볕 아래 만판 부어놓는다.
저 어슬렁거리며 나타난 개 때문에
저기서부터 시작되는 너른 논들을, 논들에 출렁대는 누
런 벼농사를
더 널리 부어놓는다. 개는
비명도 없이 사라지고,
논둑길을 천천히 걸어나오는 저 노인네는 또 누구신가.
누구든 상관없이
시꺼먼 기차소리가 무지막지 한참 걸려 지나간다. 요란
한 기차소리보다
아가리가 훨씬 더 큰 적막을
다시 또 적적, 막막하게 부어놓는다. 전부,
똑같다. 하루에 한두 사람,
누가 떠나거나 돌아오거나 말거나
모량역은 단단하다.
더도 덜도 아니고 딱, 한 되다.

모량역의 거울

역무원도 없지만 아연, 다시 역이다.

중늙은이 아주머니 한 사람,

구부정하게 등짐을 멘 채 어디선가 지금 막, 당일치기로
돌아온 덕분이다.

자주 본 옆얼굴이다.

바로 앞마을에 사는 주민이겠거니 짐작되지만

누군지는 잘 모르겠다.

한 번도 정면으로 날 마주본 적 없기 때문이다.

축 발전. 1987년도 역사 준공 이후 줄곧 먼지만 뒤집어쓰
고 있는 내게 확인할,

뭘 자세히 물어보고 자시고 할,

그런 인생이 자신에겐 더이상

남아 있지 않다는 것일까. 그러나 대합실을 빠져나가는
저 열두어 걸음,

마디마디가 전부

아주머니의 일생일대 아니냐.

아주머니 힘내시오! 전면 마음 써보는 일,

오늘 일과도 이쯤에서 끝난 것 같다.

모량역의 새

떠나지 마라, 먼 타관은 춥다. 작고 따끈따끈한 널 얼싸안고 여기 이대로 계속 쩍쩍거리고 싶다.

이 농촌 들녘, 간이역 대합실 중앙기둥 윗부분엔 직경 한 뼘 남짓한 구멍이 하나 뚫려 있다.

난로 연통 뽑아냈던 자리일 것이다. 장작이든 톱밥이든 연탄이든 때며 불기를 둘러싼 몇몇 사람의 손바닥들, 그 가난한 화력으로 밀고 간 시절은 슬픔 몇섬일까.

연기는 다만 장삼이사 사라질 뿐, 그네들의 그늘 그을린 것 말고는 달리 아무것도 기록하지 못하였다.

지금은 역무원도 두지 않은 빈 역사, 가을바람에도 되게 썰렁하다.

한때 불을 문 저 또렷한 기억, 새까만 입구가 못내 아깝다. 나는
저 입 다문 적 없는 모음 깊이 무슨 새 한 쌍을 슬쩍, 속닥하게 들여놓고 싶다. 더이상 누구 떠나지 마라.

모량역의 시간표

　대빗자루를 매단 헌 장대가 텅 빈 대합실 한쪽 구석 천장을 문 채 거꾸로 서 있다. 천정부지, 쓸어버리고 쓸어버린 그 역사의 잔재가 여태 이 역사에 버려져 있는 것 아니냐. 아닌게아니라 빗자루의 머쓱한 허우대, 저것을 권불십년이라 한다. 오래전 이미 농촌인구가 대거 줄고, 시꺼멓게 먼지 앉은 거미줄이 무성한 뒷말처럼 물리도록 칭칭, 빗자루의 거친 수염을 다 씹어놨다. 그러고도 수십년이 흘렀으니, 간이역 시간표엔 어즈버, 인적 없는 시간들만 빼곡할 뿐이다.

모량역의 운임표

기차에 묻어오는 묻어가는, 바람이 많다.

철로를 가린 측백나무 울타리와 울타리 너머 너른 들판 누런 벼농사에

바람이 많다. 손금같이 들여다볼 수 있는 편도 오십리, 왕복 백리 간에

볏단처럼 묶지 않고도 한데 잘 묶여 무임승차로 오가는 바람이 많다. 운임표 중에

서울의 청량리도 보인다. 있으나마나,

공연히 보인다. 면(面)도 연(緣)도 통하는 것 없다. 다만

한 땅내 안쪽으로 지금 가을, 바람이 많다.

모량역의 지층

역무원도 두지 않은 시골 간이역은 하품 같다. 출찰구 옆 키가 껑충한 나무기둥은 허리쯤에 투명 아크릴 집표함만 하나 달랑, 낮게 차고 있다. 그전 것 한 겹, 좀전 것 한 겹, 요새 것 또 한 겹, 도안이며 규격이며 지질이 각기 다른 기차표들이 시루떡처럼 한데 차곡차곡 쌓여 있다. 가만,

이게 도합 몇년 치나 될까.

편도에 잠깐씩 묻은 손때도 결국 괄목할 만한 두께구나. 새로 난 길의 신판 절개지 앞에 선 것 같다.

내 머릿속에도 하긴 여러 가닥 기적소리가 무지개처럼 겹겹 휘어져 있을 것이다. 간혹 관정처럼 뚫고 들어가보는, 빨대 꽂아 물게 되는 시절/시절/시절, 지난 시절은 이 모두 아름다운 잠이다.

모량역의 하품

"고객님께 드리는 부탁말씀"

이 역은 직원이 없는 관계로 다음 사항을 당부드리니 꼭 준수하여주시기 바랍니다.

　1. 열차 이용을 위해 역내 및 승강장에 입장하실 때에는 좌우를 살피신 후 안전할 때 지나가시기 바랍니다.

　2. 승강장 입장 시는 미리 들어가지 마시고 열차시각 10분을 남겨놓고 입장하시기 바랍니다.

　3. 열차 이용을 위한 입장 외에 구내 무단통행은 대단히 위험하오니 엄금하여주시기 바랍니다.

　4. 이곳은 지역주민이 이용하는 공공장소이니 깨끗한 역사 환경 유지에 적극 협조하여주시기 바랍니다.

　5. 특이사항 발생 시는 건천역 전화 054-751-6397번으로 연락하여주시기 바랍니다.

　종일 타고 내리는 이 하나 없는 빈 역사,
　위 '부탁말씀'을 다 읽었다.

그대 떠나고 없는 사정, 내가 또 새삼 잘 알고 있는 것처럼
이 일대의 머리 나쁜 적막도 저 내용을 십수년째 달달 외
고 있는 듯싶다. 하긴 이제 몰라도 되는 '말씀',
말씀은 그러나 이 마을 노인들의 젊은 시절을 모두 기억
하겠지.

모량역 역사는
사방을 둘러싼 가을의 저 너른 들 헐렁한 농촌 풍경을 한
꺼번에 다 집어삼킬 듯, 입 찢어지게 하품을 한다. 하품했을
뿐인데, 나는 왜,
웬, 눈물이 찔끔 나는지 모르겠다.

진골목

누가 방금 내 어깨를 스치며 지나갔다.

대구의 진골목, 이 긴 골목길을 좁다랗게 옥죄며 빠져나
가다보면 내게도 생생한 꼬리가 생겼다 내가

툭,

끊어낸 느낌!

나도 도마뱀, 달아나야 낫는 상처가 있다.

뒤돌아보면 그 뒷모습, 잠깐, 목격된다.

진골목, 그 꼬불꼬불한 소리

김원일(소설가) 소년

대구의 진골목, 이 기나긴 골목길을 막 벗어나려는 지점에서 커다란 교회가 나온다. 붉은 벽돌로 지은 교회는 온통 담쟁이넝쿨로 뒤덮여 있다.

어느 해 추운 겨울 성탄절 새벽, 신문 배달을 하던 소년은 바로 이쯤에서 잠시 숨을 돌렸다. 소년은 교회 앞에 세워둔 크리스마스트리를 보았다. 트리 꼭대기에 달아놓은 은박지 별을, 그 별빛을 한참 올려다보았다. 아, 별빛을 입고 날아오르는 나비를 보았다. 공중 높이 사라지는 나비를 보았다. 나비 날갯짓에 반짝반짝 실려가던 소년의 여윈 몸, 소년의 뱃속에서 그때 그만 꼬르륵거리는 소리가 났다. 소년을 흔들어 깨운 발 시린 착지! 소년은 다시 배가 고팠다.

구절양장 긴 어둠을 문 진골목일까, 벽의 앙상한 길 담쟁이넝쿨일까, 참으로 복잡한, 꼬불꼬불 어지러운 소리가 났다.

청라언덕의 별

청라언덕의 별, 목성이 지금도
참으로 밝고 명랑합니다.

여기 외국인 교직자 무덤 중엔 빗돌 하나에 자매의 이름
이 나란히 새겨진 예가 있어요. 대구에서 선교사로 일생을
마친 어머니 곁에 벽안의 그 두 딸도 와서 함께 묻힌 거랍
니다. 자매도 각기 천수를 다한 후에야 비로소, 그렇게, 이
역만리 한국 땅을 처음 밟았다는 거지요. 딸들의 유가족이
유골을 안고 왔었는데요, 고인들의 오랜, 평생의 소원대로
그리 성사되었다고 합니다. 이제,
어떤 상봉의 광경이 벌어졌을까요.
보세요,
세 영혼이 한데 몰린 결정체가 상수리나무 서쪽 높이 반
짝입니다.

저, 백년 전 기쁨입니다만 지금도
얼마나 밝고 명랑합니까. 저 나무가 낳은
청라언덕의 별, 목성입니다.

영남대로*

고추가 잘 말랐는지 흔들어보다가 문득
수중에 남아 달랑거린 이
엽전 열닷냥이면 요즘 돈으로 도대체
얼마나 될까, 뭔 객고를 풀다 그리 되었을까,
벌건 국밥집 앞을 그냥 지나칠 때
그 저녁노을 냄새는 또 얼마나 얼큰했겠으며,
괴나리봇짐에 드는 들판의 별, 별,
별별 풀벌레 소리가 차라리 개운하였을까,
낙방 길의 길고 긴 뜨신 끈,
오줌 터는 그 기분 참 어땠을까, 싶다.

* 한양천리, 과거 보러 다니던 옛길.

제5부

어둠에도 냄새가 따로 있다

나는 으레 동대구역에서 내린다.

기차를 타고 집으로 돌아올 때를 말하는 것인데, 특히

심야에 도착했을 때 그 만만하고도 쓸쓸한

느낌이라니. 그래도 나는 아무런 불편 없이 집에 도착하

곤 한다.

한 번은, 아니 세 번,

동대구역을 아차, 지나쳐버린 적 있다.

삼랑진역 부산역 왜관역, 영 엉뚱한 데서 내려 아주

낭패를 겪은 적 있다. 모두

서울이나 부산에서 술 마시고 밤기차를 탔을 때의 일이다.

온몸이 찬물에 빠진 듯한, 멍석에 휘말린 듯한 기운에 퍼뜩

잠 깨어 내다본

깜깜한 차창!

낯선 어둠이 엄청 컸다.

냄새가 달랐다.

나는 미처 몰랐다. 집으로 가는 길의 그,
모르고 좇은 내 체취를……

나는 으레 동대구역에서 내린다.

수박 먹는 가족

　고분군과 인접해 사는 이곳 불로동 사람들은 오히려 담
담하다.
　이 오랜 죽음에 대해 별 관심 없다. 다만 여름밤이면 웅성
웅성 뭔가 둥글게 익어가는 소리를 듣는지, 이 집 가족들
　만삭 같은 수박을 쪼갠다. 수박 세로줄 무늬가 줄줄이 시
퍼렇게 살아나는 밤,
　저 여러 봉분들도 잘라 전부 뒤집어놓고 싶은 밤, 그 수박
속 다 파먹으면 일가족이 타고도 남을 커다란 배가 되겠다.
일가족을 모두 두고 혼자 떠나온 먼 항해,
　뒤집어쓰고 누운 것이 저 봉분들 속 독거다. 바리깡으로,
이 수박 물결무늬로, 최신식으로 얼룩덜룩 벌초해드릴까보
다. 참말로 달고 시원한 맛,
　살아 아는 건지 죽어 아는 건지…… 껍질 안쪽에
　붉게 발린 기억은 별 내용이 없고 다만 수박 먹는 밤,
　흰 달빛 또한 고분군 위에 식칼처럼 환한 밤. 不老,
　불로동 사람들도 예외 없이 늙어가고, 고분군 쪽으로 운
동 가고,

손전등

밤중에, 이 악산 아래 오랜 세월
주저앉아가는 폐가 한 채를 둘러본다.
손전등 불빛이 더듬는 방 두 칸, 부엌 한 칸,
그리고 거기 널린 잡동사니 부장품들.
목장갑 뭉텅이며 몽당빗자루며 양은냄비 같은 것들이 무슨
자존심이나 수치심이라도 건들린 것인지
깜깜하게 돌아누워버린다.
나는 메씨아처럼 여기저기 비추며 계속 둘러봤으나
어떤 행복도 행운도 읽어내지 못하고
피안에 대한 일말의 희망도 찾지 못한 채
억새소리, 부엉이소리만 으스스 부려놓고 간다.
어둠속으로 금세 허물어져 가라앉는 저
남의 집, 뒤집어쓰며 자꾸 돌아보는
슬픔. 슬픔끼리는 모두 일족이겠으나 나는
내 인생이나 잔뜩 챙겨가는 것이다.

수류탄과 가락지
영화 「웰컴 투 동막골」

이 어여쁜 여자아이는 지능이 약간 모자란다.

자꾸 웃는 바람에 우중에도 온 데 나비 떼가 희다. 제 버
선을 벗어 날개 모양으로 접어

소년 병사의 젖은 얼굴을 해맑게 닦아준다.

강원도 첩첩산중 동막골에도 6·25전쟁이 들어왔다. 국
군·인민군·유엔군 낙오병을 합쳐 여섯 명 병력 규모의 전
쟁이 들어왔다. 너들 친구나? 여자아이가 물었다. 마을사
람들에겐 먹혀들지 않는 전쟁, 전쟁이란 참 생전 처음 보는
괴물 멧돼지다. 꽥, 꽥, 제 졸음을 쫓으며 서로를 겨눈 전쟁.
싸우마 안돼, 이거 무슨 작대기냐? 여자아이는 손가락 끝으
로 서로를 겨눈 총구를 후벼 간질인다. 거기, 비암 나와! 여
자아이는 어린 졸병이 부르쥔 수류탄 안전핀을 가로채 뽑
아버렸다. 물음표같이 동그랗고 뾰족하게 생긴 것, 신기한
듯 매만지다 여자아이는 "가락지" 하고 웃는다. 웃는 가락
지 속으로 앳된, 놀란 소년의, 전쟁의 표정이 순식간 녹아
든다.

"……? 마이 아파……"

영문도 모를 죽음이 복부에 초경처럼 피어났다.

닭

이 산중 식당에서는 직접 토종닭을 키운다.

닭 한 마리가 잡혀나갔다. 그 바람에, 좁은 닭장 구석구석 내몰리던 닭들,
다시 모이통 앞으로 쇄도하기 전 일제히 목을 뽑아 흔들어대던
대가리, 닭대가리들이 금세 탈, 탈, 탈, 털어낸 그

닭

삶은 것 먹는다. 오늘 발인한 친구의 빈자리에 둘러앉아
늙은 계원들은 후룩후룩, 고개를 주억거리며 뜨시게 먹는다.

소주 몇잔에, 이마 꼭대기마다 볏이 붉다.

삶

허공에, 입이 홀로다.

빈 비닐봉지가 제 딴엔 시꺼멓게 최고로 떴다, 너무 오래
가라앉는……

무지몽매는 배고프다.

일평생이 참

저, 심호흡 한번이다.

소가 몰고 간 골목

인도 소풍

인도라는 나라에선 도로와 같은 도시의 기반시설을 사람과 소를 비롯한 이런저런 동물들이 함께 쓴다고 해도 과언이 아닐 겁니다. 일테면 커다란 소들이 인파 속을 어슬렁거리는 장면쯤 흔하게 볼 수 있지요.

수년 전 인도 여행 중에 흰 소 한 마리를 앞세우고 좁은 골목길을 통과한 일이 있는데요, 소 한 마리로 폭이 꽉 차는 바라나시 그 골목길은 복잡하게 꼬부라진 무슨 산도(産道) 같았습니다. 어둡고 습한 동굴 같아서 가장 느리게 걷는, 큰 눈이 끝끝내 고요한 소야말로 미로를 빠져나갈 수 있는 유일한 열쇠 같았지요.

배설물로 뒤범벅이 된 소의 지저분한 커다란 꽁무니를 말없이 따라갈밖에요. 나를, 우리 일행을, 또다른 여러 나라 여행객들이나 현지인들을, 이 골목의 벌집 같은 구멍가게들까지도 다 이끌고 빠져나갔습니다. 어느 순간, 앞서가던 소가 마술처럼, 뭔 큰 의미처럼 사라졌고요, 마침내 한 장면
강변 화장장이 나타난 겁니다. 불가촉천민들이 들것 운구를 하고 있거나, 장작을 나르는 아래쪽엔 지금 막, 장작더미에 불을 댕기는, 혹은 그 재를 물에 쓸어넣고 있는 대목

이 보이고요, 여기서는

　'강가'라 불리는 갠지스 강이, 강물 냄새의 커다랗고도 지저분한 꽁무니가, 그러나 젖 큰 어머니인 그 흰 하늘이, 눈앞에 꽉 들어차는 거였습니다.

사별, 그녀가 들은 말

망자가 말했다.

엎드려
몸부림치는 그녀의 어깨를 짚으며
망자가 말했다. 그녀의 어깨가 점점 더 크게
부풀어오르고…… 이제 저 흙에 파묻힌 모습이,
성대가 없는 죽음이,
망자가 말했다. 슬픔이 너무 커 그녀의 귀가 듣지 못했
지만
그녀가 듣고 지금 꿀꺽
삼킨 말,

평생을 통틀어 한마디, 망자가 말했다.

"잘 가소."

그녀가 대답하고 이제, 천천히
일어나 걷는다.

빨래

"······달빛에 몸을 널어 말리다!"
시인 김양헌이 그해 여름 맑은 달밤에
욕지도 너럭바위 위에
큰대자로 벌렁 드러누워 외친 말이다.
그는 그날
밤새도록 민박 숙소에 올라오지 않았다. 무엇으로
수많은 몽돌소리를 모두 잠재웠을까.

그로부터 꼭 십일년 후, 2008년 7월 3일 새벽 3시 30분
간암 말기였던 그가 죽었다. 흰 이마가 방울방울 짜내던
땀방울,
부지기수의 비명을 다 말렸다.

저 펄럭이는 날개 한 벌,
달 가까이 드높이
침묵에 드는 시가 참 깨끗하다.

공백이 뚜렷하다

해 넘긴 달력을 떼자 파스 붙인 흔적 같다.
네모반듯하니, 방금 대패질한
송판냄새처럼 깨끗하다.
새까만 날짜들이 딱정벌레처럼 기어나가,
땅거미처럼 먹물처럼 번진 것인지
사방 벽이 거짓말같이 더럽다.
그러니 아쉽다. 하루가, 한주일이, 한달이
헐어놓기만 하면 금세
쌀 떨어진 것 같았다. 그렇게, 또 한해가 갔다.
공백만 뚜렷하다.
이 하얗게 바닥난 데가 결국,
무슨 문이거나 뚜껑일까.
여길 열고 나가? 쾅, 닫고 드러눕는 거?

올해도 역시 한국투자증권,
새 달력을 걸어 쓰윽 덮어버리는 것이다.

촛불들

시인 이종문이 물었다. 저 개구리, 개구리들
도대체 몇마리가 우는 것이겠냐고…… 나는 즉각, 덮어놓고
만이천이백스물두 마리(우리나라 총인구수, 육천만 마리라고 할걸 그랬나……)가 운다고 대답했다. 그러자 그가 또 대뜸
아니다, 백두 마리가 운다고 맞받았다.
추산이라는 거, 그게 본래 좀 그렇지 않은가. 서로 값을 게 못된다.
뼈 없는 농담을 주고받다가 그런데, 우리말은 왜 꼭 이래야 되나 싶었다.
개 짖는 소리 말고는 살아 꿈틀대는 목숨은 전부……

운다?

이 낯선 산골, 아닌 밤중에 무논들을 뒤덮은 어둠이 우선 어차피 부지기수인 판에 까짓것,
"한 마리도 안 운다, 논다"고 할걸 그랬다.

현충일(웃음)

그렇지요, 뭐 이미
병이 오랜 주인인걸요,(웃음) 늘
뉘는 대로 누웠지요.

그래요, 가보지 못한 길, 가지 않은 길이 전부
그 얼마나 끔찍한 내용이기에 날 이리 끝끝내 붙들겠느
냐, 싶어요.(웃음) 종일,

종일…… 천장에 구름 지나가는 것 봐요. 더러, 벼락 뽑듯
아픈데요, 그때,

고스란히 찍히는 내 백골 봐요, 또 그렇게 쉬어요.

아니요, 참 미안한 마음으로
이 몸에
묵념하고 싶네요.(웃음)

화로

　골동의, 이 시꺼먼 무쇠의 입이 지금도 도무지 다물지 못하는 말이 있다. 꺼지지 않는 화근(禍根), 화근(火根), 화끈화끈거리는 가족사며 민족사를 담고 있다. 아, 동백 져 땅에 뒹굴어도 도저히 눈감지 못하는 점프, 그 생생한 반동의 목구멍 붉은 대가리들을 담고 있다. 이글거리는 무덤들의 식지 않는 기억이며 그 내력을 담고 있다. 여기,

　서울역 역두에 지금, 또, 뜨겁게 와글거리는 저 사람들, 사람들……

새벽은 귀다

엉뚱한 시간에 잠이 깨어 살그머니 거실로 빠져나왔다.

까치발을 들고 조심조심했으나 방문 여는 기척에 아무래
도 약간 건들린 것인지

아내의 고단한 잠결이 두어 겹 멈칫, 멈칫, 주름 잡혔다.
다시

고르게 코를 골 때까지 기다린 그 몇 각(刻),

"……미안하다, 미안하다"내가 내 마음에 담아 씹는 말
내가 듣는,

죽음에 달린 시간의 귀, 어느날의 새벽이 또한 잠시 저 산,
방올음산* 꼭대기에 걸려 새파랗게 쫑긋했으면 좋겠다.

*경북 성주군 초전면 최북단에 있는 산.

허공의 뼈

　산문 일대가 훤히 내려다보이는 이 바위능선엔 소나무 고사목 한 그루가 바람 매서운 쪽으로 힘껏 두 팔을 내지르고 있다.

　선각의 몸은 깡말라 있다.

　저 흰 뼈가 그려내는 오랜 수형(樹形), 그 카랑카랑한 말씀이 푸른 허공을 한껏 피워올리고 있다.
　그 높이 뛰어내리고 있다.

최첨단

그래, 그것은 어느 순간 죽는 자의 몫이겠다.

그 누구도, 하느님도 따로 한 봉지 챙겨 온전히 갖지 못한
하루가 갔다.

꽃이 피거나 말거나, 시들거나 말거나 또 하루가 갔다.

한 삽 한 삽 퍼 던져 이제 막 무덤을 다 지은 흙처럼

새 길게 날아가 찍은 겨자씨만한 소실점, 서쪽을 찌르며
까무룩 묻혀버린 허공처럼

하루가 갔다. 그러고 보니 참 송곳 끝 같은 이 느낌, 또 어
디 싹트는

미물 같다. 눈에 안 보일 정도로 첨예하다.

슬하의 시

권혁웅

　여기 여항문학의 21세기 업그레이드 버전이 있다. 장삼이사의 삶과 사연을 받아안되, 거기서 극한의 미를 찾아내려는 시선이 있다. 문인수의 시는 통상적인 민중문학 범주에 포함되지 않는다. 그의 시에는 민중에 대한 이상형도, 전형도, 총체성에 대한 추구도 없다. 대신에 가난한 삶에 대한 촌철의 논평, 여항의 풍경에 녹아드는 한 인생에 대한 묘사, 바닥이 없기에 더욱 지극한 고통에 대한 공감이 있다. 그의 시는 통상적인 서정시와도 다르다. 문인수 시의 서정은 서경과 대구를 이루는 서정이 아니고 타자를 자기화하는 서정이 아니며 서정적 중심으로 초점화되어 있는 서정이 아니다. 그의 서경은 (짝을 이루는 둘이 아니라) 서정의 이면이거나 표면이고, 그의 서정은 (타자에 자신을 들이붓는 게 아니라) 타자의 말을 겸손히 받아안는 것이며, 그의 발화는 (말하는 사람의 정념에서 비롯되는 발화가 아니라) 제 자신마저 타자의 하나로 받아들이는 발화다.

이런 발화가 기존의 화법을 답습할 리는 없다. 우리는 세속의 삶을 점묘하는 시인의 탁월한 문체를 문인수류(文仁洙類)라 불러도 좋을 것이다. 단문 사이에 툭툭 던져넣는 무심한 잠언들, 구어적인 문장들의 정점에 출현하는 문어적인 요약문들, (통상의 여운이 아니라 울음을 끌고 다니는) 뒤가 깨끗이 잘려나간 결구들, 인물의 일대기마저도 장면화하여 감치는 솜씨야말로 문인수의 시가 우리 시에 소개한 새로운 문체다. 이 문체를 따라가며 그의 세계를 요약해보기로 하자.

1. 슬하(膝下)

슬하는 편안한 등잔 밑이며 고요한 요람이다. 문인수의 시는 어미가 어린것들을 무릎 아래 모으듯, 암탉이 병아리들을 날개 아래 모으듯 사람과 사물과 사연을 한자리에 모은다. 그가 "~싶다, ~같다, ~겠다"라고 말할 때 그 술어들은 추측이나 비교이기 이전에 새끼들을 제 품으로 거두는 고요한 호명이다. 그의 호명이 자주 감탄과 구별되지 않는 것도 이 때문이다.

    아흔 고개 바라보는 저 할머니
    오늘도 물질 들어가신다. 좀더 걸어들어가지 않고
    무릎께가 물결에 건들리자 그 자리에서 철벅,
    엎드려버리신다. 물밑 미끄러운 너덜을 딛자니 자꾸
    관절이 시큰거려
    얼른 안겨
    편하게 헤엄쳐 가시는 것이겠다.

    만만한 바다, 휘파람 때마다 길게 생기는 것이 바로 저
    생생한 수평선이다. 넘어, 넘어가야 하리,

    저 너머가 어디냐.

    말라붙은 가슴이 다시 커다랗게 부푼 걸까, 부레여.
    할머니, 일평생 진화를 거듭하셨다.
                                        ─「해녀」 전문

    편해지려고 지레 넘어지는 낙상(落傷)도 있구나. 시인이
보기에 "물밑 미끄러운 너덜"과 관절염은 진짜 원인이 아
니다. 할머니의 진짜 의도는 "얼른 안겨/편하게 헤엄쳐"가

려는 것. 그것이야말로 평생의 물질이 가르쳐준 노하우인 것. 술어들에 주목해보자. "~겠다"(1연), "~야 하리"(2연), "~냐"(3연), "~여"(4연). 이 어미(語尾)들이야말로 저 할머니의 평생을, 여생을 나아가 그 이후까지도 품에 안는 어미 (母)가 아니겠는가. 넷은 추측(1, 2연)과 질문(3연)과 호명(4연) 이전에 모두가 감탄이다. 번역하면 이렇다. 아흔을 바라보는 인어(人魚)가 여기 계시는구나. 그이는 평생을 건너 다른 곳("수평선 너머")으로 가려고 하시는구나. 그곳은 우리가 모르는 곳이로구나. "말라붙은 가슴"이 "부레"처럼 부풀어 처녀 적 모습을 흉내내고 있구나. 할머니, 거듭해서 젊어지시는구나.

여기에는 시인의 억측이 개입할 틈이 없다. 단순한 미화법이 아니기 때문이다. 저 감탄은 시인의 주관이 객관에 강제적으로 작용해 떼어낸 말들이 아니라 객관 스스로가 제 논리의 결과에 따라 산출한 말들이다. 번역 이전의 말로 돌리면 이렇다. 할머니가 인어인 것은 관절염 때문이고, 수평선 너머까지 헤엄칠 수 있는 것은 생의 일몰을 바라보기 때문이며, 가슴이 부레처럼 부푼 것은 그럼에도 물질에 있어서는 여전히 그분이 최고이기 때문이다. 따라서 이 말들은 연민도 아니다. 연민이란 주관이 객관에 부어넣은 정념인데, 이 말들은 차라리 객관이 주관으로 하여금 받아쓰기하도록 시킨 말들이다. 우리는 이 정념을 공감이라 표현할 수 있을 것이다. 공감은 공명(共鳴, 함께 울다/울리다)의 다른 말이다. 연민이 둘(주체와 대상) 사이의 불평등한 위상을 전제한다면, 공감은 둘 사이의 평등한 주고받음을 전제한다.

　말복날 수륜리(水輪里) 유원지엘 갔다.
　우리는 계곡물 콸콸거리는 어느 식당
　숲 그늘에 자릴 잡았다. 물가 여기저기 네모난 살평상을 박아놓고, 그러니까
　급류의 속도를 최대한 붙잡아놓은 집이다. 하지만 유수 같은 세월,
　희끗희끗 달아나는 물살이다. 옆자리
　살평상엔 중늙은이 아주머니 넷이 먼저 와 앉아 있다.
　닭백숙에 소주도 두어 병 곁들여 조용히
　복달임하는 중. 사람이 아니면 도대체 무엇으로 세월이라는 것이 흐를까, 계곡물 소리는
　막힐수록 요란하다. 계곡물 소리는 여기저기
　커다랗게 엎딘 바위들도 연속, 험하게 잡아채 제 속도에 매단다. 그래도
　그 소리 듣지 않으면 가지 않을 세월,
　아주머니들은 음식상을 치우게 하고 각기
　웅크리고 눕는다. 머리꼭대기에 발바닥,
　머리꼭대기에 발바닥…… 친한 사이끼리 일생일대를

잇대며, 그러나 모르고 잠시

　　함께 굴러가는 것이다. 무엇이 물의 바퀴를 면할까, 몸
맡겨버린

　　이 편한 세월. 한 사람씩

　　살평상 각 면을 둥글게 구부려 누웠다.

　　　　　　　　　　　　　　　　　　　　　　　　　　　—「바퀴」 전문

　계곡을 흐르는 급류와 "급류의 속도를 최대한 붙잡아놓
은 집"이 있다. 복달임하러 "중늙은이 아주머니 넷"이 놀러
와 있다. "희끗희끗 달아나는" 세월의 물살을 머리에 얹고
(급류를 흉내냈으니 필시 꼬불꼬불한 파마머리였을 것이
다) 넷이 서로의 머리와 꼬리를 잇대어 오수를 즐기고 있
다. 그렇게 이어서 바퀴가 되어 있다. 그러니까 흐르는 물
과 세월이 있고, 그걸 잠시 붙잡은 집과 아주머니들이 있으
며, 그이들의 휴식이 만들어내는 거듭된 세월의 바퀴가 있
다. 사람과 사연과 풍경이 서로의 이면이자 배면이라는 말
이 뜻하는 바가 이것이다. 이것은 비유도 아니고 비교도 아
니다. 비유였다면 아주머니들이 저이들의 배경이 된 물살
(=세월)의 또다른 형상(=바퀴)을 짓지 않았을 것이다. 아
주머니들은 이미 제 머리에 급류를 구현하고 있는데 왜 구
태여 자기들끼리 다시 엮여 바퀴를 만들겠는가? 마찬가지
로 비교였다면 바로 이 ("물의 바퀴"와 같은) 엮임은 일어

나지 않았을 것이다. 물은 흐르고 바퀴는 구른다. 이건 비교할 수 있는 게 아니다. 그럼에도 둘이 엮인 건 대체로 이 시가 세월과 늙음에 대한 시이기 때문이다. 세월의 흐름과 그흐름을 붙잡아 잠시 세워둔 중늙은이에 대한 시이기 때문이다. 이것이 공명, 곧 함께 울림이다. 비슷한 주파수의 잇닿음, 맥놀이다. 비슷한 두 개의 파동이 간섭을 일으켜서 새로운 합성파가 만들어지는 현상을 맥놀이라 부른다. 저 풍경과 아주머니들은 세월 앞에서 비슷하게 공명하고 있지 않은가.

 "살평상 각 면을 둥글게 구부려" 누워 있는 저 아주머니들의 자세는, 주마등처럼 달려갔다가는 되달려오는 어떤 흘러감의 상형이다. "친한 사이끼리 일생일대를 잇대며" "몸 맡겨버린/이 편한 세월". 이대로라면 물의 바퀴가 되어영영 흘러가도 유감이 없을 것이라는 평생의 휴식. 이 시의 "살평상"은 대를 이어 만든 평상이기도 하고, 살(肉)로 지은 평상이기도 하다. 저이들이 일생일대를 잇대어 만든 평상이라면, 저 평퍼짐한 몸매처럼 둥글어 구르기에도 좋은 평상이 되지 않겠는가. 문인수의 시가 풍경과 사람과 사연을 슬하에 불러모으는 사정이 이와 같다.

2. 적요(寂擾)

문인수의 시에는 적막(寂寞)과 소요(騷擾)가 함께 있다. 이를 적요(寂擾)라 이름붙인 것은 아무래도 시의 주조음이 적막이나 적요(寂寥)에 가깝기 때문이다. 그의 시에는 이 둘이 함께 있으나, 굳이 말하자면 그의 시는 소란 속의 고요보다는 적막이 만들어낸 분주함에 가깝다. 적막과 소요는 어떻게 동거할 수 있을까? 이를 이해하기 위해서는 문인수 시의 불가능자(불가능한 것)를 먼저 접해야 한다. 불가능자란 무엇인가? 라깡은 이를 '대상을 영(0)으로 나누기'라 불렀다. 무(無)로는 아무것도 나눌 수가 없다. 그러나 끊임없이 거기에 다가감으로써 영으로 나누기의 근사치를 구할 수는 있다. 분자가 영에 가까워질수록 수는 점점 커진다. 10을 0.1로 나누면 100이 되고, 0.01로 나누면 1000이 된다. 이를 무한히 줄여서 0으로 나눈다면? 요즘 컴퓨터에 든 계산기는 '0으로 나눌 수 없습니다'라고 친절하게 안내하겠지만, 예전 구식 모델은 '∞'(무한)이라고 답하곤 했다. 이것이 불가능자다. 불가능한 연산을 통해서 무한(정확히는 무한을 향해 다가가는, 무한의 근사치)을 열어 보이는 작업. 문인수 시의 적막은 이 불가능자를 통해서 소요를 품는다.

앞차에 헌 자전거가 한 대 실려간다.

끈을 문 트렁크 뚜껑이 질겅질겅,

자전거를 씹는 형국이다. 불가사리다. 자전거에 감긴
길, 길이 길 잡아먹는 것 본다. 경부고속도로,

나는 조수석에 기대앉아 지그시,

되새김질에 빠진 하마다. 청춘…… 제맛대로 소화하지
못했다. 아,

잘 씹지도 않고 삼킨 길이 지금,

막힌 길이 저 아가리에 깜깜 오래 질기다.

　　　　　　　　　　　　　　　　　　　—「귀성길」전문

　자전거를 싣고 가는 차가 있다. 트렁크가 오르내리는 게
"질겅질겅/자전거를 씹는 형국이다". 시인은 거기에 한마
디 덧붙인다. 쇠를 먹는 "불가사리"가 따로 없구나. 보라,
이 말들은 비유로 실현되지 않으며(불가능한 것이 되며)
비유로 끝나지도 않는다(다른 차원의 말을 열어젖힌다).
불가사리는 상상 속 괴물이고 트렁크가 아무리 자전거를
씹어대도 저 차는 자전거를 다 소화할 수 없을 것이다. "헌
자전거"를 다 먹기 전에 저 차 역시 끝내 낡을 것이다. 여기
까지가 비유가 실현하는 불가능성이다. 이 말들은 그다음
을 향해 간다. 나 역시 추억을 저작(詛嚼)하는 하마였노라
고. "청춘…… 제맛대로 소화하지 못했다"고. 물 먹는 하마

가 한 종지 물을 먹고는 녹아버리듯, 열 내는 하마가 반나절이 못돼서 식어버리듯, 나는 아무리 되작여도 청춘을 다 삭이지 못했다. 한 빗댐이 다른 빗댐을, 한 불가능이 다른 불가능을 불러온 셈이다. 그것도 무한히 크게. 보라, 이제 길은 식도(食道)가 되어 저 대식하는 입에 질질 끌려간다. 그것도 "깜깜 오래 질기다". 아무도 저 시간의 아가리에서 벗어날 수는 없을 것이다. 이것이 불가능한 것이 열어젖히는 이차원(異次元)이다.

우리는 불가능한 문턱을 넘어 적막과 소요가 몸을 바꾸는 현장을 「해녀」에서도 보았다. 저 할머니의 유연한 물질은 끝내 수평선 너머에서 멈출 것이다. 아니, 어쩌면 그곳은 시큰거리는 무릎과 말라붙은 가슴이 청춘으로 돌아오는 곳일지도 모른다. 저 차가 거듭하는 되작임이 추억의 반추로 전환되는 문턱도 그것과 상동적이다. 그것은 적막과 소요의, 죽음과 삶의 이중성이라는 문턱이다.

해 넘긴 달력을 떼자 파스 붙인 흔적 같다.
네모반듯하니, 방금 대패질한
송판냄새처럼 깨끗하다.
새까만 날짜들이 딱정벌레처럼 기어나가,
땅거미처럼 먹물처럼 번진 것인지
사방 벽이 거짓말같이 더럽다.

그러니 아쉽다. 하루가, 한주일이, 한달이
헐어놓기만 하면 금세
쌀 떨어진 것 같았다. 그렇게, 또 한해가 갔다.
공백만 뚜렷하다.
이 하얗게 바닥난 데가 결국,
무슨 문이거나 뚜껑일까.
여길 열고 나가? 쾅, 닫고 드러눕는 거?

올해도 역시 한국투자증권,
새 달력을 걸어 쓰윽 덮어버리는 것이다.

                                            ─「공백이 뚜렷하다」전문

　달력 뗀 자리에 대한 공들인 묘사가 어느 순간 시간에 대한 묘사로 전환된다. 우리는 시간을 공간에 투사해서만 상상할 수 있다. 칸트는 우리가 시간을 하나의 직선(과거에서 현재로, 다시 미래로 이어지는 일직선)으로 공간화한다고 말한 바 있다. 문인수는 여기서 더 나아간다. 칸트의 시간이 일차원의 공간으로 표상된다면 시인의 시간은 그보다 고차원적인 공간으로 변환된다. 달력 뗀 자리는 "파스 붙인 흔적" 같다가, "대패질한/송판" 같다가, 사방 벽에 나누어 준 더러움 같아졌다. 여기까지가 이차원이다. 파스와 송판은 깨끗하고 맑았으나 그것을 위해서는 글자들이 벌레처럼 주변에 번져야 했다. 저 공백은 퍼내기만 하면 금방 허물어져 바닥을 보이는 뒤주 같기만 하다. 이것은 "무슨 문이거나 뚜껑"과도 같다. 여기에 오면 시간은 삼차원이 된다. 마침내 그것은 열고 나가거나 "쾅, 닫고 드러눕는" 곳으로 바뀐다. 여기가 불가능의 문턱이다. 이승의 문을 열고 나가서 저승의 품에 드는 것이니까. 시간 차원이 공간화된 표상에 다시 덧붙었으니 이걸 사차원이라고 하면 될까?

시인이 새 달력으로 공백을 가리는 것은 그래서다. 불가능의 문은 아직 열려선 안된다. 우리는 이승에 좀더 "투자" 해야 한다. 저 "네모반듯"은 적막을 품은 소요이며, 불가능한 것이며, 그래서 적요(寂撓)의 것이다. "수박"을 뒤집어 "고분"을 얻어내는(「수박 먹는 가족」) 이 불가능자를 이것이 아니면 어찌 명명할 수 있겠는가. 가득 차 있으면서도 텅 빈 것, 곧 냄새가 그의 시를 종종 휘감는 것도 같은 이유에서다.

① 동백 없어도 동백에 끌렸겠지,
   피거나 지거나 목청 붉은 비린내여.
                           ─「선운사 동백」부분

② 구름을 신고 잠깐 어두웠던 달, 다시 맨발이다.
   어떤 여자의 발 고린내가 차다.

114

—「달의 맨발」 부분

③ 비린 가난이었다. 수년 후 독일로 간 간호부……
   아예 돌아오지 않았으나 그 햇잎의 혀,
   달착지근, 말랑말랑한 나물죽 냄새가 있다.

—「햇잎」 부분

④ 그 저녁노을 냄새는 또 얼마나 얼큰했겠으며,

—「영남대로」 부분

⑤ 나는 미처 몰랐다. 집으로 가는 길의 그,
   모르고 좇은 내 체취를……

—「어둠에도 냄새가 따로 있다」 부분

몇몇 예를 골랐다. ①은 동백꽃의 색이자 목숨을 지불하고 얻은 피의 냄새이며, ②는 투신한 여자가 남긴 신발이 피워올리는 일종의 시취(尸臭)이고, ③은 첫사랑의 대상이 된 "뒷집 누나"의 풋풋한 여운이고, ④는 낙방하고 돌아오는 자의 신산을 대신하는 맛이고, ⑤는 점점 어둠과 친숙해져가는 노구가 피워낸 또다른 어둠이다. 잡을 수 없으니 형상화할 수 없고 형상화할 수 없으니 지칭할 수 없는 어떤 불가능한 것들의 이름, 하지만 그 무엇보다도 강렬하게 감

각에 남아 있는 것들의 이름이 바로 냄새다. 냄새는 무(無)
일 수밖에 없지만 그럼에도 불구하고 이곳을 가득 채운다.
무와 무한의 변환이 여기에도 있다.

3. 기미(機微)

어떤 일이 일어날 것 같은 기운이나 낌새를 기미라 부
른다. 문인수 시의 특성 가운데 하나는 이 기미를 선취(先
取)한 자리에서 시가 시작한다는 것이다. 아리스토텔레스
는 잠재적인 것이 일어난 일과 일어나지 않은 일이 동거하
는 장소라는 점에서 실현된 것보다 풍요롭다고 말한다. 직
장인은 이미 직장을 선택했다는 점에서 대학생보다 못하
고, 대학생은 이미 과를 선택했다는 점에서 고등학생만 못
하다. 대학생은 다른 직장을, 고등학생은 다른 과를 선택할
수 있으니까. 그런데 시인은 이를 뒤집어, 이미 무엇인가를
선택한 자는 최초의 선택지를 품었다는 점에서 풍요롭다고
말한다. 선택의 순간은 실존적인 결단의 순간이다. 이미 선
택한 자만이 자신의 전존재를 건 모험을 제 안에 간직할 수
있다. 그렇다면 막장에 이른 사람만이 제 안에 잠재적인 것
을 갈무리해 넣은 것이 아니겠는가.

그는 막차로 떠났다. 밤 열시 사십분 발,

버스에 오를 때 좌석에 앉을 때 내게 손 흔들어줄 때 그를 밀어주는, 내려놓는, 한번 웃는

미색 롱코트를 걸친 저 기미가 얼른얼른 그를 추스르는 것 본다.

버스가 출발하고…… 보이지 않는다. 육신도 정신도 아니고 이건 또 어디가 부실해지는 것인지

사람하고 헤어지는 일이 늙어갈수록 힘겨워진다. 자꾸, 못 헤어진다.

—「동행」 부분

이별의 순간, 그의 뒷모습이 그를 차 안으로 밀어넣고 좌석에 내려놓고 나를 향해 한번 웃게 만들었다. "미색 롱코트를 걸친 저 기미"가 기미(機微)이든, 기미(氣味, 기분과 취미)이든 혹은 기미(羈縻, 굴레와 고삐)이든, 그것은 그의 전존재를 추스른다. 동행의 끝에서 그는 그 모든 기미로 자신을 감싼다. 그러니까 그의 기미는 이별의 예기이자 동행의 행복을 영원히 되작일 것이라는 결심이다. 이 점에서 보면 그의 시는 노년의 시가 아니다. 그가 비록 "사람하고 헤어지는 일이 늙어갈수록 힘겨워진다"와 같은 말을 자주 하기는 하지만, 정확히 말해서 이때의 늙음이란 공감의 다른 이름

일 뿐이다. 늙음이란 '함께' 오랜 세월을 같이 해왔다는 뜻이고 그래서 "자꾸, 못 헤어진다"는 문장의 강조어법에 해당하는 말이다. 늙음은 무능의 징표가 아니라 다정의 현시다. "못 헤어진다"의 저 '못'은 '못하다'의 못이 아니라 동행을 영원히 '고정'하는 거멀못이다. 그러니 그의 시에서 기미는 끝에 대한 예감이 아니라 끝자리에서 거듭 시작하는 풍요가 된다.

고물 프라이드, 달리던 차 엔진이 끝내 천천히 꺼져버린다.
다행히 아주 미미하게 경사가 져 있는 데여서
고가도로 그늘 아래 널찍한 공간으로 차를 몰아넣을 수 있었다.
핸드브레이크를 당겨 차를 세웠다.
네 바퀴가 길바닥을 꽉 잡고 버틴다. 시꺼면 아스팔트가 그녀에겐 지금
단단한 늪이다. 퍼져 난감한 프라이드 옆을,
프라이드를 뒤덮은 고가도로 위를
마음껏 달리는 차들의 진동 때문에
그녀의 프라이드는, 끊임없는 파문에 떠밀리는 마른 연잎 같다. 이 연애의 끝자리,
그녀가 안전벨트를 맨 채 울먹거릴 때

어여쁜 귀고리가 달랑대며 한사코 그녀를 지킨다. 하
지만

구겨진 프라이드는 이제 폐차될 것 같다. 견인차가 도
착하고

핸드브레이크를 풀자 움찔, 저를 푸는

이 프라이드는 또 무엇인가.

내리막엔 다시 한번 박차를 가하고 싶은 힘이 있다.

　　　　　　　　　　　　　　　　　　—「내리막의 힘」 전문

이 "끝자리"의 예감 혹은 기미를 보라. 고물 차는 폐차
될 것이고 그녀의 연애는 끝날 것이지만, 그럼에도 불구하
고 "움찔"하고 풀려나는 힘, "다시 한번 박차를 가하고 싶
은 힘"이 여기에는 있다. 그녀의 프라이드(이것은 물론 차
이름이자 그녀의 자존감 그 자체다)는 늪에 빠졌다. 그러
자 그녀를 대신해서 "네 바퀴가 길바닥을 꽉 잡고 버틴다".
"달리는 차들의 진동"으로 차는 "파문에 떠밀리는 마른 연
잎 같다". 그러자 그녀를 대신해서 "어여쁜 귀고리가 달랑
대며 한사코 그녀를 지킨다". 슬하에 모인 차와 귀고리와
그녀. 고장 난 차와 바닥을 친 연애가 새로운 힘을 얻을 것
이라는 기미 혹은 적막과 소란의 자리바꿈. 어떤 일이 벌어
질 것이라는 예감은 그예 탈이 나고 말았다는 낙담으로 변
했지만, 그럼에도 그녀의 프라이드는 또다른 예감으로 가

득하다. 그리고 아름답다.

문인수 시의 언어는 3D의 언어다. 3D에서는, 흐릿하게
겹쳐 보이던 화면이 편광안경을 통해서 입체의 화면이 된
다. 그것은 착시이지만 실재에 근접한 착시다. 문인수의 언
어 역시 사람에, 풍경에, 사연에 읽는 이의 시선을 맡길 때
생생하게 살아난다. 이를테면 시인이 단골 다방을 지키는
주인여자를 일러 "마른 티슈 낱장처럼 희끗, 웃는다"(「르네
쌍스」)라고 묘사할 때, 우리는 그 다방에 앉아 있는 듯한 착
각을 하게 된다. 이 역시 실재에 근접한 착각이다. 이 묘사
는 그녀의 희고 마른 얼굴과 힘없는 웃음을, 초로의 나이와
내 곁눈질("희끗")을 입체화하여 보여준다. 이것이 슬하와
적요와 기미의 정체다. 시인은 "절경은 시가 되지 않는다./
사람의 냄새가 배어 있지 않기 때문이다./사람이야말로 절
경이다. 그래,/절경만이 우선 시가 된다"(「시인의 말」,『배
꼽』)고 말한 바 있다. 왜 아니겠는가. 사람과 시와 절경을 같
이 불러 슬하에 두는 이 솜씨를 우리는 사람의 시라고 부르
지 않을 수 없겠다. 절경을 접한 자의 노래, 곧 절창이라고
부르지 않을 수 없겠다.

權赫雄 | 문학평론가

그러고 보니 이번 시집엔 죽음이 참 많다. 그러나 이 시집이 껴안고 있는 그것들은 오히려 가장 생생한 '산 증거'들로 읽히면 좋겠다. 방금 나무 베어낸 자리처럼, 손바닥에 닿는 그루터기의 그 축축하고도 서늘한 촉감처럼……

동력, 시 쓰기에 대한 욕심만은 줄지 않았으면 싶다. 그러나 그 또한 몸의 기운처럼 결국 어쩔 수 없는 일일 터. 하긴, 이로써 그동안 낸 시집이 무려 여덟 권째다. '닻'에, 그 발목에 걸리는 무거운 '뒷짐'이 아닐 수 없다.

2012년 1월
문인수

창비시선 340

적막 소리

초판 1쇄 발행/2012년 1월 10일
초판 4쇄 발행/2023년 7월 10일

지은이/문인수
펴낸이/강일우
책임편집/이하나
펴낸곳/(주)창비
등록/1986년 8월 5일 제85호
주소/413-120 경기도 파주시 회동길 184
전화/031-955-3333
팩시밀리/영업 031-955-3399 편집 031-955-3400
홈페이지/www.changbi.com
전자우편/literat@changbi.com
인쇄/상지사P&B

ⓒ 문인수 2012
ISBN 978-89-364-2340-7 03810

* 이 책 내용의 전부 또는 일부를 재사용하려면
  반드시 저작권자와 창비 양측의 동의를 받아야 합니다.
* 책값은 뒤표지에 표시되어 있습니다.